厭世診療室
DINOSAUR THERAPY

詹姆斯·斯圖爾特（James Stewart）——文

K·羅米（K Roméy）——圖

張家綺——譯

高寶書版集團
gobooks.com.tw

新視野 New Window 235

厭世診療室
Dinosaur Therapy

作　　者	詹姆斯·斯圖爾特（James Stewart）文；K·羅米（K Roméy）圖	
譯　　者	張家綺	
責任編輯	林子鈺	
封面設計	林政嘉	
內頁設計	賴姵均	
企　　劃	何嘉雯	

發 行 人	朱凱蕾
出　　版	英屬維京群島商高寶國際有限公司台灣分公司
	Global Group Holdings, Ltd.
地　　址	台北市內湖區洲子街 88 號 3 樓
網　　址	gobooks.com.tw
電　　話	(02) 27992788
電　　郵	readers@gobooks.com.tw（讀者服務部）
傳　　真	出版部 (02) 27990909　行銷部 (02) 27993088
郵政劃撥	19394552
戶　　名	英屬維京群島商高寶國際有限公司台灣分公司
發　　行	英屬維京群島商高寶國際有限公司台灣分公司
初版日期	2021 年 12 月

Originally published in the English language by HarperCollins Publishers Ltd.
under the title Dinosaur Therapy
Text © James Stewart 2021
Illustrations © K Roméy 2021
Translation © Global Group Holdings Ltd. 2021, translated under license from HarperCollins Publishers Ltd.
Hey Buddy Comics assert the moral right to be identified as the authors of this work.

國家圖書館出版品預行編目（CIP）資料

厭世診療室 / 詹姆斯．斯圖爾特（James Stewart）文；
K．羅米（K Roméy）圖；張家綺譯. – 初版. – 臺北市：
英屬維京群島商高寶國際有限公司臺灣分公司, 2021.12
面；　公分 .－（新視野 235）

譯自：Dinosaur therapy

ISBN 978-986-506-288-0(平裝)

873.6　　　　　　　　　　110018574

目 錄

關於作者

　　我在 2019 年診斷出患有注意力不足及過動症，並從 2020 年底起展開全職的網路漫畫作者生涯，其實這是兩條沒有交集的平行線，可是醫師的診斷結果卻給了我一個大好藉口，而且是最棒的那種。

　　首先，我再也不用納悶我為何要忍受痛苦萬分的辦公室工作，更不用說我還是一個不稱職的員工。而現在渴望逃離朝九晚五的生活不再只是自私幻想，而是一種照顧自己的必要手段。

　　再來，我已不認為憂鬱症跟普通疾病一樣，是我無法正常生活與踏出舒適圈的罪魁禍首，現在我有了明確的理由：因為我有注意力不足及過動症無法正常工作，要是不想陷入太淒慘的絕境，我就得另尋出路。

　　最後，無法寫出表達自我想法的長篇文章，已經不能拿來當作我不會寫作的藉口，我確實有創作的能力，只是得先找對方法，並且趁注意力飄走前迅速清晰捕捉下我的想法。

　　接著來談談 K，我的好友、插畫家、伙伴，以及恐龍漫畫的起點。

關於漫畫

　　你大概在期待能從本書介紹中讀到下列問題的答案：
為什麼畫恐龍？我也想告訴你為何這個距離人類文明遙遠的
滅絕物種能道出人類的真實現況，但要是我真的誠實，我們之所以選擇
畫恐龍，單純是因為恐龍很酷，外加 K 也很擅長畫恐龍。或許我們曾有
過某些想法，如果真是那樣，那一定也是個意外驚喜。

　　這部漫畫能迅速與人們產生連結的其中一個原因，無庸置疑就是時
間。它始於 2020 年 9 月，當時大規模爆發的新冠肺炎成為日常生活的
一部分，而且似乎沒有結束的那一天。人們除了被關在家裡，試著找到
新的方式讓自己開心，孤獨、憂鬱、焦慮的感受也在上升，而漫畫能用
讀者有共鳴的方式去探討這些主題。儘管全球大流行病確實造成這些問
題不斷增加，這個趨勢早就不是新鮮事了，每年都有越來越多人飽受心
理疾病所苦，所以我希望用直接公開的方式探討心理健康，漫畫雖然很
簡短，至少能療癒某些人的心靈。

　　許多連環漫畫都在講述與心理健康問題共存的難題，我希望漫畫本
身具有療效，所以會把焦點特別放在人際關係上。在這個越來越孤立的
世界，唯獨人與人之間的聯繫可以拯救我們。這也是為何我不斷強調現
代人的工作情況以及人生短暫、世事難料的本質會影響我們的心理健康。
沒錯，我們是不能脫離這個社會，但套一句人類學家大衛·格雷伯（David
Graeber）的名言，這個社會是我們創造出來的，所以我們也能輕而易
舉地創造一個新的社會。

5

長大

就是學習我不想知道的事

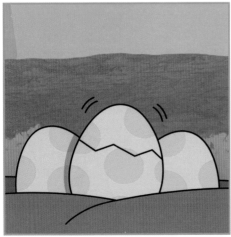

碰到問題時千萬別跑。

為什麼？

因為跑太累了。

躲起來比較輕鬆。

13

你要獨立思考。

但我的想法並不是我發明的語言。

它來自別人給我的資訊，還被我沒有選擇的經歷所影響。

我只覺得你的要求不合理。

長大的感覺
是什麼？

不斷地假裝你知道
自己正在做什麼。

直到你知道
自己到底在做什麼。

然後新的事情發生，
再回到假裝的步驟。

請用兩個字形容自己。

很累。

我是說你的個性。

正是。

是什麼把你帶來這裡治療的？

公車。

噢，我有必須用不好笑的笑話掩飾的嚴重憂鬱症。

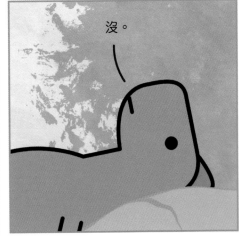

我痛恨大半輩子都要幫一個
自己受不了的老闆做事。

哈哈，真的，
人在社會身不由己。

重點不是人在社會，
而是我們創造出這樣的社會。

我們明明可以輕鬆創
造出不一樣的社會。

我覺得自己的問題是，我不是那種可以改變情況的人。

但我也不是那種可以接受現實的人。

關係

對愛情憤世嫉俗未免也太老套

跟你在一起，
就連沉默也美好。

你覺得自己很酷，
凱文。

什麼，我才沒有。

「我是凱文，我最棒。」

我……我才沒這麼想。

壓力
·
想太多
·
焦慮

不多也不少的思考藝術

人生要帶給我什麼，
我都概括承受。

只要不是痛苦、紛爭、
懷疑或輕微不適。

其他都好⋯⋯

放馬過來吧。

你懂的，
我才不會忍氣吞聲。

你知道我都和那些討厭
我的人說什麼嗎？

什麼？

「請別討厭我，
我真的是好人。」

你在想什麼?

什麼都沒在想。

不可能,
你一定在想什麼。

好吧,我腦中有七種粗略
到無法完整表達的想法。

我們來試試導引式冥想吧。
想像你在一片寧靜沙灘上。

有鯊魚嗎？

什麼？不，沙灘上沒有讓
你無法放鬆的野生動物。

天啊，是氣候變遷的關係對不對？
我們把動物都殺死了。太可怕了。

你都是怎麼做決定的？

我會先看有哪些選項，然後依據潛在益處和成本做比較。

很聰明嘛。

我會繼續比較下去，直到腦袋爆炸而且沒時間了，再挑個最輕鬆的選項。

我列了幾份待辦清單。

不是很多嘛。

噢,這張不是,
這只是我放清單的地圖。

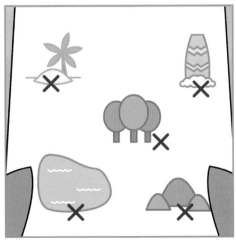

未來機器會取代
我們的工作。

太好了，
我不喜歡工作。

可是這樣你就
沒錢賺了。

如果那天真的到來，我們又
不改變財富分配方式，那有
問題的是我們，不是機器。

認真打拚你就會
變有錢人。

成功與失敗

沒參與沒傷害

不付出就
不會有回報。

我覺得不付出
就是一種回報。

137